HÉSIODE ÉDITIONS

ARTHUR CONAN DOYLE

Le Champion qui manque

Hésiode éditions

© Hésiode éditions.

22 rue Gabrielle Josserand - 93500 Pantin.
ISBN 978-2-38512-161-7
Dépôt légal : Novembre 2023

Impression Books on Demand GmbH

In de Tarpen 42
22848 Norderstedt, Allemagne

Le Champion qui manque

Il nous arrivait souvent, à Baker Street, de recevoir des dépêches bizarres, mais je m'en rappelle surtout une qui nous parvint il y a sept ou huit ans par une triste matinée de février, et qui causa à M. Sherlock Holmes un quart d'heure de vive préoccupation.

Elle était ainsi conçue :

« Prière m'attendre. Malheur terrible, bras droit des trois quarts manque, présence indispensable demain. – Overton. »

– Le timbre de la poste est du bureau de Strand et elle a été expédiée à 10 heures 36, dit Holmes après l'avoir relue plusieurs fois. M. Overton était sans doute fort agité quand il l'a envoyée et cela explique son incohérence. Enfin, il arrivera au moment où j'aurai fini de lire mon Times, et nous verrons alors de quoi il s'agit. Une énigme, si insignifiante soit-elle, sera la bienvenue par ce temps de chômage.

En effet, depuis quelque temps, nous avions eu bien peu à faire, et j'en étais arrivé à redouter ces périodes d'inaction. Je savais, en effet, par expérience, que le cerveau de mon ami était si actif, qu'il était dangereux de le laisser sans occupation. Depuis des années, j'avais peu à peu réussi à lui faire perdre l'habitude des injections hypodermiques qui, une fois déjà, avaient failli rompre le cours de ses exploits. Je savais bien qu'en temps normal il n'éprouvait plus le besoin de ce stimulant artificiel, mais je sentais aussi que le démon n'était pas mort, mais endormi, le sommeil léger, le réveil proche, car, pendant les périodes d'inaction, j'avais vu le regard fatigué, les traits tirés du visage ascétique de Holmes et le désir qui brillait au fond de ses yeux caves ; c'est pourquoi je bénis ce M. Overton dont le message énigmatique avait rompu ce calme dangereux, plus périlleux pour mon ami que toutes les tempêtes de sa vie aventureuse.

Ainsi que nous l'avions prévu, la dépêche ne tarda pas à être suivie de la visite de son expéditeur, et la carte de M. Cyril Overton, du Collège

Trinity à Cambridge, précéda l'entrée du personnage lui-même. C'était un jeune homme taillé en Hercule, dont les épaules remplissaient l'encadrement de la porte, et dont le visage bienveillant, mais empreint d'une vive inquiétude, se porta successivement sur chacun de nous.

– M. Sherlock Holmes ?

Mon ami salua.

– Je viens de Scotland Yard, monsieur Holmes, où j'ai rencontré l'inspecteur Stanley Hopkins, qui m'a conseillé de venir vous trouver, car, dit-il, l'affaire était plutôt de votre ressort que de celui de la police officielle.

– Asseyez-vous, je vous prie, et dites-nous ce qui vous arrive.

– C'est terrible ! tout simplement terrible ! je me demande comment mes cheveux n'en sont pas devenus blancs. Godfrey Staunton... vous n'êtes certainement pas sans avoir entendu parler de lui ? c'est le pivot de toute l'équipe ! je préférerais en voir manquer deux autres que de n'avoir pas Godfrey au nombre de mes trois-quarts. Aucun ne l'égale en force et en adresse ! C'est lui qui dirige tout... Que vais-je devenir ! C'est ce que je vous demande, monsieur Holmes ?... J'ai bien Moorhouse dans la réserve de l'équipe, mais il n'est entraîné que comme demi et, bien qu'il sache donner le coup de pied sur place, il manque de sang-froid et de fond. Nos rivaux d'Oxford, Morton et Johnson, n'en feraient qu'une bouchée. Stevenson, lui, est habile, mais il ne ferait pas l'affaire. Non, monsieur Holmes, nous sommes perdus si vous ne nous aidez pas à retrouver Godfrey Staunton.

Mon ami avait écouté, avec un sourire amusé, ce long discours débité avec une vigueur extraordinaire, et dont chaque point était souligné par une claque que s'appliquait le jeune homme sur chacun de ses genoux.

Quand notre visiteur eut terminé, Holmes allongea la main et saisit à la lettre S son dictionnaire biographique, mais il ne put y découvrir le nom qu'il cherchait.

– J'y trouve bien Arthur H. Staunton, le jeune faussaire qui a de l'avenir devant lui, dit Holmes ; il y a aussi Henry Staunton, que j'ai aidé à faire pendre, mais Godfrey Staunton est un inconnu pour moi.

C'était au tour de notre visiteur d'avoir l'air surpris.

– Comment, monsieur Holmes, vous n'êtes pas au courant ? Si vous n'avez pas entendu parler de Godfrey Staunton, vous ne connaissez pas davantage Cyril Overton, moi-même !

Holmes secoua la tête d'un air amusé.

– Grand Dieu ! s'écria l'athlète. J'ai été le champion du foot-ball de l'Angleterre contre le pays de Galles ; c'est moi qui suis le premier sauteur de l'Université cette année-ci, mais je ne suis rien auprès de Staunton ! Je n'aurais jamais cru qu'il se trouvât une personne en Angleterre à n'avoir pas entendu parler de mon ami, le fameux trois quarts dans notre noble jeu national pour l'Université de Cambridge, le vainqueur des matches de Blacheath et de cinq « internationals ». Bon Dieu ! monsieur Holmes, mais où diable vivez-vous donc ?

Holmes sourit de l'étonnement naïf du jeune géant.

– Vous vivez dans un autre monde que moi, monsieur Overton, dans un monde plus sain et plus agréable ; j'ai été, je crois, mêlé à presque toutes les classes de la société, sauf peut-être à la vôtre, à cette jeunesse adonnée au sport athlétique, qui constitue la partie la plus saine, la plus noble de notre vieille Angleterre. Cependant, votre visite inattendue de ce matin me montre que, même dans cette vie au grand air, il y a de quoi m'occuper.

Aussi, cher monsieur, asseyez-vous donc et racontez-moi très exactement ce qui s'est passé et en quoi je puis vous être utile.

Le visage du jeune Overton prit aussitôt l'expression ennuyée d'un homme plus habitué à utiliser ses muscles que son intelligence et peu à peu, il nous raconta cette étrange histoire :

– Voici ce qui s'est passé, monsieur Holmes ; ainsi que je vous l'ai dit, je suis le capitaine de l'équipe de foot-ball Rugby de l'Université de Cambridge, et Godfrey est mon bras droit. Demain, nous jouons contre Oxford. Hier, nous sommes tous venus à Londres et sommes descendus à l'hôtel meublé de Bentley. À dix heures, j'ai fait un tour dans les chambres pour m'assurer que tout mon monde était au lit, car je suis très à cheval sur la question d'entraînement et je sais que le sommeil est indispensable pour avoir une équipe à hauteur. J'ai causé quelques instants avec Godfrey avant de me mettre au lit. Il me paraissait pâle et inquiet. Je lui ai demandé la cause de ses préoccupations, il m'a répondu qu'il avait seulement un léger mal de tête. Je lui ai souhaité le bonsoir et je suis allé me coucher. Une demi-heure plus tard, m'a dit le concierge, un homme du peuple portant toute la barbe est venu à l'hôtel remettre une lettre pour Godfrey. Ce dernier n'était pas encore couché ; on la lui apporta dans sa chambre, il la lut et tomba à demi évanoui dans un fauteuil. Le concierge était si effrayé qu'il voulait aller me chercher, mais Godfrey l'arrêta, absorba quelques gorgées d'eau qui, sans doute, lui firent du bien, car il descendit. Il parla quelques instants avec l'homme qui avait attendu dans le vestibule, puis ils partirent tous les deux ensemble et le concierge les vit prendre, en courant, la direction du Strand. Ce matin, la chambre de Godfrey était vide, son lit n'avait pas été défait et ses affaires étaient restées dans l'ordre où je les avais vues la veille. Il s'était enfui avec cet étranger et nous n'avons plus entendu parler de lui depuis lors. Je crains bien qu'il ne revienne jamais ! C'était un homme de sport jusque dans la moelle des os et, à moins d'un motif des plus graves, il n'aurait certainement pas compromis son entraînement et contrarié son capitaine… Je sens qu'il est parti pour toujours et que nous ne nous reverrons jamais !

Sherlock Holmes écouta ce récit avec la plus grande attention.

– Qu'avez-vous fait, alors ? demanda-t-il.

– J'ai télégraphié à Cambridge pour m'assurer si on l'avait vu là-bas. Je n'ai pas reçu de réponse ; personne ne l'a donc rencontré.

– Aurait-il eu le temps de retourner à Cambridge ?

– Oui, par le dernier train, celui de 11 heures 15…

– Mais rien ne vous indique qu'il l'ait pris ?

– Non, car on ne l'a pas vu.

– Qu'avez-vous fait ensuite ?

– J'ai télégraphié à lord Mount-James.

– Pourquoi à lord Mount-James ?

– Godfrey est orphelin et lord Mount-James est son plus proche parent, son oncle, je crois.

– Vraiment, voilà qui jette une nouvelle lumière sur cette affaire, lord Mount-James n'est-il pas un des hommes les plus riches de l'Angleterre ?

– Oui, Godfrey me l'a dit.

– Votre ami était, m'avez-vous affirmé, son proche parent ?

– Oui, et même son héritier présomptif. Le vieillard a quatre-vingts ans et il est goutteux au dernier degré ; on dit même qu'il pourrait se servir de la craie de ses articulations pour frotter sa queue de billard ! il n'a jamais donné à Godfrey un shilling, car c'est un avare bien connu, mais toute la fortune du vieux lui reviendra sans nul doute un jour.

– Vous a-t-il répondu ?

– Non.

– Quel motif votre ami aurait-il pu avoir pour aller trouver lord Mount-James ?

– La veille, il paraissait préoccupé. S'il s'agissait d'une question d'argent, il est fort admissible qu'il soit allé trouver son riche parent, bien que sa démarche dût avoir peu de succès, à mon avis. Godfrey n'aimait pas le vieillard et il n'est certainement pas allé le trouver s'il a pu faire autrement.

– Nous le saurons bientôt. Si votre ami est allé trouver lord Mount-James, il faut expliquer la venue de l'homme à barbe, dont la visite à une heure si tardive lui a fait éprouver cette agitation dont vous avez parlé.

Cyril Overton passa ses mains sur sa tête.

– Je n'y comprends rien, dit-il.

– Allons, j'ai une journée libre et je ne demande pas mieux que de m'occuper de cette affaire, dit Holmes ; je vous conseille fortement de prendre des dispositions en vue de votre match, sans vous préoccuper de ce jeune homme. Si, comme vous le dites, il a fallu pour le retenir une nécessité absolue, il est probable que cette même nécessité l'empêchera de revenir. Allons ensemble à votre hôtel et voyons si le concierge peut nous donner quelques renseignements.

Sherlock Holmes était passé maître en l'art de mettre un témoin à son aise, et bientôt il réussit à tirer du concierge tout ce que celui-ci pouvait savoir. L'homme qui s'est présenté chez lui, la veille, n'était ni un gentleman ni un ouvrier, « il était entre les deux », déclara le concierge. Il paraissait âgé d'une cinquantaine d'années, portait une barbe grisonnante, avait le visage pâle, la mine modeste. Il semblait, de plus, très agité, sa main tremblait quand il lui avait remis la lettre. Godfrey Staunton l'avait glissée dans sa poche sans tendre la main au messager, et avait échangé seulement avec lui quelques paroles, parmi lesquelles le concierge avait pu distinguer le mot « temps ». Ils étaient partis rapidement tous les deux ; l'horloge du vestibule marquait alors dix heures et demie.

— Voyons, dit Holmes, s'asseyant sur le lit de Staunton, vous êtes le portier de jour ?

— Oui, monsieur, je quitte ma loge à onze heures du soir.

— Le portier de nuit n'a rien vu n'est-il pas vrai ?

— Non, monsieur, il n'a vu rentrer que quelques voyageurs sortant du théâtre et voilà tout.

— Êtes-vous resté de service toute la journée d'hier ?

— Oui, monsieur.

— Avez-vous porté quelques messages à M. Staunton ?

— Oui, monsieur, un télégramme.

— Voilà qui est intéressant. À quelle heure ?

– Vers six heures.

– Où se trouvait M. Staunton à ce moment ?

– Dans sa chambre, ici même.

– Étiez-vous présent quand il l'a ouvert ?

– Oui, monsieur, j'attendais pour voir s'il y avait une réponse.

– Vous en donna-t-il une ?

– Oui, monsieur, il écrivit un télégramme à son tour.

– L'avez-vous porté au télégraphe ?

– Non, il y est allé lui-même.

– Mais il l'a écrit en votre présence ?

– Oui, monsieur, j'étais resté debout près de la porte et lui s'était assis près de cette table pour écrire ; quand il eût terminé, il me dit : « Voilà qui est fait ! » Je porterai moi-même cette dépêche.

– L'a-t-il écrite avec une plume ou avec un crayon ?

– Avec une plume.

– Sur un de ces imprimés de dépêche qui se trouvent sur cette table ?

– Oui, monsieur, sur le premier.

Holmes se leva, il prit le bloc d'imprimés, les apporta près de la fenêtre et les examina soigneusement.

– C'est dommage qu'il ne l'ait pas écrite au crayon, dit-il avec un geste de désappointement, car, ainsi que vous avez pu le remarquer souvent, Watson, l'impression de la pointe laisse apercevoir en creux ce qu'on a écrit. Ici je trouve aucune trace. Cependant, je constate qu'il a dû se servir d'une plume d'oie et, sans nul doute, nous trouverons l'impression sur le buvard… Ah ! oui, la voici !…

Il arracha une feuille du buvard et nous montra l'hiéroglyphe suivant :

……………………………………………………………………

Ciryl Overton était très agité.

– Présentez-le devant la glace, dit-il.

– C'est inutile, dit Holmes, le buvard est mince et au revers nous pouvons lire l'écriture, la voici…

Il retourna le buvard à la lumière et nous lûmes :

« Restez près nous pour amour Dieu ! »

– Voilà donc la fin de la dépêche que Staunton écrivit quelques heures avant sa disparition. Il y a six mots qui manquent, mais voici ce qui reste… Cela semble indiquer que le jeune homme se sentait menacé d'un danger terrible et que la personne à laquelle il s'adressait pouvait seule le protéger. Remarquez qu'il écrit « nous ». Ils étaient donc, au moins, deux. Quel pouvait être l'autre, sinon l'homme barbu qui semblait lui-même en proie à une vive agitation ? Quel est le lien entre Godfrey et cet homme, et quelle peut être cette troisième personne dont il demande l'aide dans ce danger si pressant ? Le but de notre enquête se précise déjà.

– Il faut établir à qui cette dépêche a été adressée, fit remarquer Watson.

– C'est vrai, mon cher Watson, j'y avais déjà songé, mais vous n'êtes pas sans avoir remarqué que si vous entrez dans un bureau de poste et si vous demandez à examiner l'original d'une dépêche envoyée par une autre personne, les employés ne veulent rien entendre : ils sont si formalistes ! Cependant, avec quelque finesse, nous arriverons au but. En attendant, et en votre présence, monsieur Overton, je voudrais bien jeter un coup d'œil sur ces papiers jetés sur cette table.

Il y avait un grand nombre de lettres, de factures, de papiers que Holmes examina avec la plus grande attention.

– Rien à faire ici, dit-il enfin. À propos, votre ami était-il bien portant ?

– Fort comme un turc !

– L'avez-vous jamais vu malade ?

– Pas un jour. Il lui est arrivé de garder le repos, une fois, pour une entaille reçue au jeu ; il avait ramassé un coup au genou, mais cela n'en a eu aucune suite.

– Peut-être n'est-il pas aussi solide que vous le pensez. Il devait avoir quelque ennui secret. Avec votre autorisation, je prendrai avec moi quelques-uns de ces papiers, ils pourront peut-être m'être utile.

– Un instant ! un instant ! s'écria une voix querelleuse.

Nous levâmes la tête et aperçûmes un petit vieillard, à l'aspect bizarre, qui se tenait près du seuil de la porte ; il était entièrement habillé de vêtements d'un noir usé, tirant sur le rouge, portait un haut de forme à bords très larges et une cravate blanche nouée à la main. Il ressemblait à un pasteur de province ou, mieux encore, à un employé des pompes funèbres. Et pourtant, malgré son aspect misérable, sa voix avait des accents d'autorité et son attitude, une énergie qui commandait l'attention.

– Qui êtes-vous, monsieur, et de quel droit touchez-vous aux papiers de ce jeune homme ? demanda-t-il.

– Je suis un détective qui n'a, il est vrai, rien d'officiel, et je cherche à expliquer sa disparition, dit Holmes.

– Vraiment !… et qui vous a chargé de cette mission ?

– Ce gentleman, que voici. C'est un des amis de Staunton qui m'a été adressé par Scotland Yard.

– Qui êtes-vous, monsieur ? dit-il en se tournant vers le jeune homme.

– Je m'appelle Cyril Overton.

– C'est donc vous qui m'avez envoyé une dépêche. Je suis lord Mount-James et je suis venu aussi vite que me l'a permis l'omnibus de Bayswater. Vous vous êtes adressé à un détective ?

– Oui, monsieur.

– Et vous êtes prêt à supporter les dépenses ?

– Je n'ai aucun doute que, lorsque nous retrouverons mon ami Godfrey, celui-ci ne demandera pas mieux que de les payer.

– Mais si on ne le retrouve jamais, que ferez-vous ?

– Dans ce cas, sans doute, sa famille…

– Pas du tout ! pas du tout ! s'écria le petit homme, vous n'aurez pas un sou, pas un sou de moi !… vous saisissez bien, monsieur le détective, dit-il en se tournant vers Holmes. Ce jeune homme n'a plus d'autre parent que moi, et moi, je ne paierai rien. S'il espère un jour avoir de la fortune, c'est que moi, je n'ai pas gaspillé la mienne et je ne commencerai pas aujourd'hui. Quant à ces papiers, que vous examinez, je vous préviens que dans le cas où j'apprendrais que parmi eux se trouvent des valeurs, vous en seriez responsable.

– Très bien, monsieur, dit Sherlock Holmes. En attendant, puis-je vous demander si vous avez quelques soupçons sur le motif de cette disparition ?

– Non, monsieur, aucune ; mon parent est assez grand pour se conduire et s'il est assez sot pour se perdre, je refuse entièrement d'endosser la responsabilité pécuniaire des recherches le concernant.

– Je vous comprends, dit Holmes en lui jetant un petit air malicieux, mais peut-être ne me comprenez-vous pas. Godfrey Staunton paraît n'avoir aucune fortune, si donc on lui a tendu un piège, ce n'est pas dans le but de lui soutirer de l'argent. Vos richesses considérables sont bien connues, lord Mount-James, et il est fort possible qu'une bande de voleurs se soit emparée de votre neveu avec l'intention d'obtenir de lui des détails sur votre maison, vos habitudes, vos trésors.

Le visage du petit vieillard blêmit.

– Ciel ! monsieur ! quelle idée ! Je n'aurais jamais songé à une telle infamie ! Quels bandits il y a dans le monde ! Cependant, comme Godfrey est un bon et brave garçon, rien ne le décidera à trahir son vieil oncle. Je vais envoyer toute mon argenterie à la Banque ce soir. En attendant, monsieur le détective, n'épargnez rien, employez tous vos moyens pour le ramener sain et sauf. Quant à vos honoraires, j'irai jusqu'à cinq livres… voire même jusqu'à dix.

Cependant, le vieil avare ne put nous donner aucune indication utile, car il connaissait peu la vie privée de son neveu. Notre seul indice était la dépêche tronquée et, après en avoir pris copie, Holmes se mit en route pour forger le second anneau de sa chaîne. Nous avions pu nous débarrasser de lord Mount-James, et Cyril était parti conférer avec les membres de son équipe sur les conséquences du malheur qui venait de le frapper.

Il y avait un bureau de poste à peu de distance de l'hôtel ; nous nous y arrêtâmes.

– Il faut toujours essayer, dit Holmes. Si nous avions une réquisition régulière, nous pourrions nous faire remettre l'original du télégramme ou, tout au moins, sa copie entière, mais ce n'est pas le cas. On ne doit pourtant pas se rappeler les figures des gens qui viennent au guichet dans un bureau aussi chargé. Nous pouvons toujours essayer.

Il s'avança dans le bureau.

– Je suis désolé de vous déranger, dit-il de sa voix la plus douce à la jeune employée ; il a dû se glisser une erreur dans la transmission de la dépêche que j'ai envoyée hier ; je n'ai pas reçu de réponse, et je crains fort de ne l'avoir pas signée. Pourriez-vous me donner ce renseignement ?

La jeune fille prit un paquet de dépêches.

– Quelle heure était-il ?

– Un peu après six heures.

– À qui était-elle adressée ?

Holmes posa ses doigts sur ses lèvres en jetant ostensiblement un coup d'œil dans ma direction... Les derniers mots étaient « pour amour Dieu », murmura-t-il confidentiellement… je suis très inquiet de ne pas avoir reçu de réponse !

La jeune femme retrouva le texte.

– La voici, elle n'est pas signée, dit-elle en la posant sur le guichet.

– Voilà qui explique le manque de réponse, dit Holmes. Quelle étourderie ! Bonjour, mademoiselle, merci de m'avoir ainsi tranquillisé.

Quand nous nous trouvâmes dans la rue, il se frotta les mains en riant.

– Eh bien ? demandai-je.

– Nous avançons, mon cher Watson, nous avançons ! J'avais trouvé sept moyens différents de me procurer le texte de cette dépêche et je ne comptais pas réussir du premier coup.

– Eh bien, qu'avez-vous trouvé ?

– Un point de départ pour notre enquête.

Il arrêta un cab.

– Cocher ! à la station de King Cross !

– Nous allons donc partir en voyage ? dis-je.

– Oui, nous irons ensemble à Cambridge. Tous les indices me conduisent dans cette même direction.

– Dites-moi, lui demandai-je tandis que notre cab montait Gray's Inn Road, avez-vous des soupçons sur la cause de cette disparition ? Quant à moi, je vous avoue franchement que j'ai rarement vu une affaire dont le mobile soit plus obscur. Pensez-vous sérieusement qu'on se soit emparé de sa personne pour obtenir de lui des renseignements sur son oncle ?

— Je vous avoue, mon cher Watson, que cette hypothèse me semble absolument improbable, mais elle m'a paru la plus apte à toucher le vieillard si avare.

— C'est certain, mais quelle est votre idée véritable ?

— Je pourrais vous en indiquer plusieurs. D'abord, on peut admettre que c'est une coïncidence bizarre que cette disparition ait lieu à la veille d'un match et que le disparu soit précisément l'homme dont la présence était indispensable au succès de son équipe. C'est peut-être une pure coïncidence, mais cela doit néanmoins nous frapper. Les « matchs » entre amateurs ne comportent pas le « betting » officiel, cependant le public ne manque jamais d'engager des paris : il est possible que quelqu'un, dans un but intéressé, ait voulu empêcher notre jeune homme de prendre part au match, de même que certains bandits sur le turf retiennent un cheval dans une course. Voilà une hypothèse ; en voulez-vous une autre ? Ce jeune homme héritera d'une grosse fortune, bien qu'il soit pauvre maintenant ; il n'est donc pas impossible qu'on ait voulu s'emparer de lui dans le but d'en tirer une rançon.

— Mais ces hypothèses ne correspondent point avec la dépêche ?

— C'est vrai, Watson, la dépêche est notre seule base solide et il ne faut pas s'en écarter. C'est pourquoi nous voilà en route pour Cambridge. La piste que nous suivons est assez obscure mais je serais fort surpris si, d'ici ce soir, nous n'étions pas fort avancés.

Il faisait déjà nuit quand nous débarquâmes dans cette vieille cité universitaire. Holmes héla un cab et donna au cocher l'adresse du Dr Leslie Armstrong. Quelques instants après, nous nous arrêtions devant une grande maison, située dans une des rues les plus fréquentées. On nous fit entrer et, après un long séjour dans la salle d'attente, nous fûmes admis dans le cabinet de consultation où nous trouvâmes le docteur, assis à son bureau.

Le nom du docteur Leslie Armstrong m'était inconnu, ce qui démontre à quel point je m'étais peu à peu désintéressé de ma profession. Je sais maintenant qu'il est un des membres les plus en vue de la Faculté de médecine de cette Université et, de plus, un penseur d'une réputation européenne. Sans être fixé sur son prestige, on ne pouvait s'empêcher, en le voyant, d'être frappé par son visage carré et massif, par ses yeux profonds sous ses sourcils épais, par l'expression impérieuse de sa bouche. Je lus en lui la science unie à une vie sévère, ascétique, à un caractère triste et glacial. Il tenait à la main la carte de mon ami et nous salua d'un air contraint.

– J'ai déjà entendu prononcer votre nom, monsieur Sherlock Holmes, je connais votre profession et… elle ne me plaît guère !

– Vous êtes d'accord sur ce point, docteur, avec tous les criminels de l'Angleterre, dit mon ami tranquillement.

– Lorsque vos efforts tendent à empêcher ou à punir le crime, ils sont dignes de la sympathie générale, bien qu'à mon avis, la police officielle soit suffisante ; mais, où je trouve votre profession sujette à la critique, c'est lorsque vous cherchez à vous emparer des secrets des particuliers, lorsque vous vous mêlez à des affaires de famille qui doivent rester cachées, enfin lorsque vous faites perdre le temps à des hommes dont les occupations valent mieux que les vôtres. Ainsi, en ce moment, je devrais travailler à mon traité médical au lieu de causer avec vous.

– C'est possible, docteur, mais notre conversation peut cependant avoir plus d'importance que votre traité. Je dois vous dire, tout d'abord, que nous sommes justement occupés à faire le contraire de ce que vous blâmez, et que tous nos efforts tendent à empêcher que le public ne soit au courant d'affaires privées, ce qui arrive inévitablement quand l'affaire est confiée à la police officielle. Je suis venu vous demander des renseignements sur M. Godfrey Staunton.

– Eh bien, quoi ?

– Vous le connaissez, n'est-ce pas ?

– C'est un de mes amis intimes.

– Vous êtes au courant de sa disparition ?

– Ah ! il est disparu !

Il n'y eut aucun changement d'expression sur les traits du docteur.

– Il a quitté son hôtel la nuit dernière et depuis lors on n'a plus entendu parler de lui, dit Holmes.

– Il reviendra sans doute.

– Mais c'est demain le match de foot-ball de l'Université.

– Tous ces jeux de jeunes gens ne me conviennent pas ; je porte à ce jeune homme le plus vif intérêt et la plus profonde affection... mais le match de foot-ball m'est bien égal !

– C'est à votre sympathie, pour M. Staunton, que je fais appel. Savez-vous où il est ?

– Certainement non.

– Vous ne l'avez pas vu depuis hier ?

– Non.

– Était-il en bonne santé ?

– Absolument.

– A-t-il été parfois malade à votre connaissance ?

– Jamais.

Holmes montra au docteur une feuille de papier.

– Pouvez-vous m'expliquer, alors, l'existence de ce reçu d'une somme de treize guinées payée le mois dernier par M. Godfrey Staunton à vous-même, le docteur Leslie Armstrong, de Cambridge ? J'ai découvert cette pièce parmi les papiers de son bureau.

Le docteur rougit de colère.

– Je n'ai aucun motif de vous en donner l'explication, monsieur Holmes.

Celui-ci remit le reçu dans son portefeuille.

– Si vous aimez mieux vous expliquer publiquement, cela viendra tôt ou tard, répliqua mon ami, je vous ai déjà dit qu'à moi il m'est possible d'étouffer une affaire, tandis que la police ne peut faire autrement que de l'étaler au grand jour. Il vaudrait bien mieux que vous ayez confiance en moi.

– Je ne sais rien.

– Avez-vous reçu, de Londres, des nouvelles de M. Staunton ?

– Certainement non.

– Allons ! allons !… toujours cette maudite administration !… Godfrey vous a pourtant envoyé, de Londres, une dépêche urgente, à 6 heures 15, hier au soir ; cette dépêche est intimement mêlée à sa disparition et vous ne l'avez pas encore reçue ! C'est inimaginable, et j'adresserai une réclamation au bureau de Cambridge.

Le Dr Leslie Armstrong se leva, le visage en feu.

– Sortez d'ici, s'écria-t-il, et dites à celui qui vous emploie, à lord Mount-James, que je ne veux rien avoir à faire avec lui ou avec ses agents. Pas un mot de plus !

Il sonna furieusement.

– John ! reconduisez ces messieurs !

Le majordome majestueux, nous conduisit froidement à la porte et nous nous trouvâmes dans la rue. Holmes éclata de rire :

– Le Dr Leslie Amstrong est un homme d'un caractère plutôt énergique. S'il avait tourné sa carrière d'un autre côté, je suis persuadé qu'il eût remplacé dignement le professeur Moriarty d'illustre mémoire. Et maintenant, mon cher Watson, nous voilà sans aucune connaissance dans cette ville que nous ne pouvons quitter sans, du même coup, abandonner notre affaire. Cet hôtel modeste, en face de la demeure du Dr Leslie Armstrong, me paraît tout indiqué. Veuillez y louer une chambre sur la rue et acheter ce qu'il nous faut pour passer la nuit, puisque nous sommes partis sans bagages ; j'irai aux renseignements pendant ce temps-là.

Il fallut à Holmes plus de temps pour les recueillir qu'il ne l'avait pensé et il ne rentra à l'hôtel que vers neuf heures, pâle, fatigué, couvert de poussière, épuisé de faim et de fatigue. Un souper froid nous attendait sur la table et lorsqu'il eut repris des forces, qu'il eut allumé sa pipe, il prit l'air moitié figue moitié raisin qui lui était naturel quand ses affaires n'allaient pas comme il le désirait.

Le bruit d'une voiture le fit lever et regarder par la fenêtre. Un coupé attelé de deux chevaux gris s'était arrêté sous le bec de gaz du docteur.

– Voilà trois heures qu'il est sorti ! dit Holmes. Il est parti à six heures et demie et il rentre maintenant. Il a pu faire un parcours de six à douze milles, et cela lui arrive une fois et jusqu'à deux fois par jour.

– Cela n'a rien d'étonnant pour un docteur qui a une grande clientèle.

– Mais Armstrong n'a pas de nombreuses visites à faire ; c'est un conférencier et un médecin consultant, et il ne tient pas à avoir une clientèle régulière qui le troublerait dans ses travaux. Pourquoi donc fait-il ces longues tournées qui doivent lui être très pénibles ? Qui peut-il ainsi visiter ?

– Son cocher pourra…

– Mon cher Watson, vous pouvez bien vous douter que c'est à lui que je me suis d'abord adressé. Je ne sais pas s'il est doué d'un tempérament grincheux ou s'il avait reçu des ordres de son maître ; toujours est-il qu'à la première question il a lancé son chien contre moi ! Mais quand les deux animaux,… le cocher et le chien, aperçurent un certain moulinet de ma canne, l'entretien en resta là. Tout ce que j'ai pu apprendre, je l'ai tiré d'un naturel du pays fort aimable qui se trouvait dans l'hôtel. Il me raconta les habitudes du docteur et me fit part de la sortie quotidienne qu'il faisait maintenant. À l'instant même, comme pour appuyer son affirmation, la voiture est venue s'arrêter devant la porte.

– Il vous a été impossible de la suivre ?

– Vous êtes superbe, Watson, ce soir ! Vous avez des idées lumineuses. Cette pensée m'a aussi traversé l'esprit. Il y a, ainsi que vous avez pu l'observer, un marchand de bicyclettes auprès de votre hôtel. J'y suis entré, j'ai loué une machine et j'ai pu me mettre en route avant d'avoir perdu de vue la voiture que j'ai facilement rattrapée. Me tenant ensuite à une distance d'une centaine de mètres, j'ai suivi ses lanternes jusqu'à ce que nous nous trouvions hors de la ville. Une fois arrivés en pleine campagne, il s'est produit un incident quelque peu mortifiant pour moi. Tout à coup la voiture s'arrêta, le docteur en descendit, marcha vivement jusqu'à l'endroit où j'étais arrêté ; d'une voix sardonique il me dit qu'il craignait que le chemin devînt trop étroit pour sa voiture et ma machine… et que je ferais bien de passer devant lui. Il n'y avait pas à se tromper sur le sens de ses paroles ; je partis en avant et je continuai à pédaler sur la grand'route jusqu'à un endroit où je me dissimulai pour m'assurer si la voiture ne passait pas devant moi. Elle ne vint pas, et il me parut fort évident que le docteur avait pris une traverse dont j'avais remarqué la présence le long de la route. Je retournai et ne vis pas davantage la voiture. Vous voyez d'ailleurs qu'elle est rentrée après moi. Au début, je n'avais aucun motif d'associer ces voyages à la disparition de Godfrey Staunton, et je voulais seulement les tirer au clair, car, en ce moment tout ce qui touche le docteur Armstrong nous intéresse. Maintenant que j'ai pu constater qu'il ne veut pas être suivi, je ne serai satisfait que lorsque je me serai assuré du but de ses tournées.

– Nous pourrons le suivre demain.

– Vous croyez ? Ce n'est pas si facile que vous le pensez… Vous ne connaissez pas la topographie du comté de Cambridge ; il n'est guère facile de s'y cacher. Tout le pays que j'ai traversé ce soir est plat et dénudé comme le dessus de ma main, d'autre part, l'homme que nous suivons n'est pas un imbécile, il nous l'a montré d'ailleurs. J'ai donc télégraphié à

Overton pour qu'il nous tienne au courant de ce qui s'est passé à Londres. En attendant, c'est sur le docteur Armstrong qu'il faut concentrer tous nos efforts, car c'est à lui qu'a été adressée la dépêche de Staunton que cette charmante employée des postes m'a laissé voir. Il sait où est le jeune homme, je le jurerais, et s'il le sait, ce sera de notre faute si nous n'arrivons pas à l'apprendre. Il a tous les atouts pour lui en ce moment, mais, vous le savez, Watson, je n'ai pas l'habitude de considérer facilement une affaire comme perdue.

Le lendemain pourtant, la solution du mystère n'avait pas fait un pas. Pendant notre déjeuner on apporta une lettre que Holmes me tendit avec un sourire.

« Monsieur,
« Je vous assure que vous perdez votre temps en me suivant ; j'ai, ainsi que vous avez pu vous en rendre compte cette nuit, une glace posée derrière mon coupé. Si vous désirez faire une course de vingt milles qui vous ramènera à votre point de départ, vous n'avez qu'à me suivre. En attendant, je dois vous dire qu'en m'espionnant vous ne serez d'aucune utilité à M. Godfrey Staunton, et je suis persuadé que le plus grand service que vous puissiez rendre à ce jeune homme, c'est de retourner de suite à Londres et de dire à celui qui vous emploie que vous n'avez pu le retrouver. Vous perdrez votre temps à Cambridge.

« Cordialement,

« Leslie Armstrong. »
– Ce médecin, dit Holmes, est un adversaire loyal. Enfin, il excite ma curiosité. Il faut que j'en sache plus long avant de le quitter.

– Voilà sa voiture à la porte ; le voici qui monte ; il a jeté un coup d'œil sur notre fenêtre en sortant. Voulez-vous qu'à mon tour je le suive en bicyclette ?

– Non, non, mon cher Watson, malgré la confiance que j'ai en votre intelligence, je ne crois pas que vous soyez de taille à lutter contre le docteur. Nous arriverons peut-être au but en faisant une enquête toute spéciale dont je me chargerai. Il va falloir sans doute que je vous laisse seul ici, car un seul homme attire moins l'attention que deux. Sans doute, vous trouverez de quoi vous occuper dans cette vieille cité, et j'espère avant ce soir vous apporter de meilleures nouvelles.

Une fois de plus, mon ami devait éprouver une déception. Il rentra le soir fatigué, sans avoir pu rien découvrir.

– Mauvaise journée, Watson ! dit-il. Après m'être formé une idée générale de l'itinéraire du docteur, j'ai passé tout mon temps à visiter les villages de ce côté de Cambridge où j'ai fait jaser les habitants, tout en prenant des notes. J'ai battu pas mal de terrain, parcouru les villages de Chesterton, Histon, Waterbeach et Oakington sans obtenir de résultat, et pourtant, un coupé à deux chevaux ne pouvait passer inaperçu dans ces villages endormis. Allons, le docteur l'emporte encore une fois !... Y a-t-il une dépêche pour moi ?

– Oui, je l'ai ouverte... la voici :

« Demandez Pompée de Jeremie Dixon, Trinity Collège. »

– Je n'en saisis pas un mot, dis-je.

– Moi je comprends très bien, expliqua Holmes. C'est de notre ami Overton, qui répond à une question que je lui ai posée. Je vais envoyer un mot à M. Jeremie Dixon, et sans doute la chance va tourner. À propos ! avez-vous des nouvelles du match ?

– Oui, le journal de Cambridge en donne le résultat dans sa dernière édition. Oxford a gagné par un point et deux essais. Voici ce qu'il dit :

« La défaite des Bleu pâle doit être attribuée à l'absence malheureuse du champion international Godfrey Staunton qui s'est fait sentir pendant toute la partie. Le défaut d'ensemble dans la ligne des trois quarts et leur faiblesse dans l'attaque et la défense ont neutralisé les efforts d'une équipe excellente sous tous les rapports. »

– Allons, dit Holmes, les craintes de notre ami Overton se sont justifiées ; mais en ce qui concerne le foot-ball, je suis aussi incompétent que le docteur Armstrong. Allons, Watson, nous nous coucherons de bonne heure, car je prévois que la journée de demain sera grosse d'événements.

Je fus terrifié le lendemain matin en voyant Holmes assis auprès du feu et tenant à la main sa seringue de Pravaz. C'était la seule faiblesse que je lui connusse, mais elle m'épouvantait. Il se mit à rire en voyant mon visage et la posa sur la table.

– Ne vous alarmez pas, mon ami. Ce n'est pas en ce moment un instrument de malheur, ce sera plutôt la clef qui nous ouvrira cette énigme. C'est sur elle que repose tout mon espoir. Je reviens d'une expédition, et tout est préparé ; faites un bon déjeuner, car j'ai l'intention, aujourd'hui même, de suivre les traces du docteur Armstrong. Dès que j'aurai relevé la piste, je ne m'arrêterai ni pour manger ni pour me reposer jusqu'à ce que j'aie découvert son terrier.

– En ce cas, lui dis-je, nous ferons bien d'emporter avec nous notre déjeuner ; il va partir de bonne heure, car voici sa voiture à la porte.

– Peu importe, laissez-le partir. Il sera très fort s'il peut aller à un endroit où il me soit impossible de le suivre. Quand vous aurez fini, descendez et je vous présenterai un détective dont la spécialité est précisément celle qui nous est nécessaire dans cette affaire.

Quand nous descendîmes, je suivis Holmes dans la cour. Il ouvrit la porte d'une écurie et fit sortir un chien blanc et feu aux oreilles tombantes, aux jambes torses, moitié basset, moitié terrier.

— Je vous présente Pompée, dit-il. Pompée est le roi des chiens courants du pays ; il ne court pas très vite, ainsi que vous pouvez le voir à sa structure, mais il a un flair étonnant. Eh bien, Pompée ! vous ne menez pas le train d'un lévrier, mais cependant nous aurons peut-être de la peine à vous suivre, et je suis obligé, dans ces conditions, de prendre la liberté d'attacher à votre collier cette laisse de cuir. Allons… montrez maintenant ce que vous savez faire.

Il conduisit le chien à la porte du médecin ; l'animal flaira un instant, puis, avec un petit aboiement de satisfaction, il descendit vivement la rue, tirant de toutes ses forces sur la laisse ; une demi-heure plus tard, nous étions sur une route, en pleine campagne.

— Qu'avez-vous donc fait, Holmes ? lui demandai-je.

— C'est une ruse bien ancienne, mais qui réussit parfois. Je suis allé ce matin dans la cour du docteur et, avec l'extrémité de ma seringue, j'ai arrosé la roue de derrière de sa voiture avec de l'essence d'anis. Un chien de chasse suivrait cette odeur pendant des lieues et des lieues, et notre ami Armstrong devra aller loin, bien loin, avant que Pompée perde la piste. Oh ! l'animal, voilà comment il m'a roulé l'autre nuit !

Le chien avait tout à coup quitté la route pour entrer dans un petit sentier rempli d'herbes. Un demi-mille plus loin, nous nous retrouvions sur une autre grand'route où nous tournions sur la droite, dans la direction de la ville que nous venions de quitter. Elle faisait un coude vers le sud de Cambridge et prenait une direction opposée à notre point de départ.

— C'est ce détour qui nous a trompés ! Ce n'est pas étonnant si mon enquête dans ces villages n'a pas abouti. Le docteur a bien joué son jeu, mais on peut se demander dans quel but. Voici à notre droite, je crois, le village de Trumpington… Voilà le coupé qui tourne le coin de la rue. Cachons-nous, Watson, ou nous sommes éventés.

Il ouvrit vivement une barrière et pénétra dans un champ, tirant Pompée derrière lui. J'aperçus un instant le docteur Armstrong la tête cachée dans ses mains ; il présentait l'attitude du désespoir. Je vis à l'expression de Holmes combien il était inquiet.

– Je crains un malheur, dit-il, nous allons bientôt le savoir. Venez, Pompée, c'est ce cottage là-bas dans le champ !

Nous arrivions au terme de notre voyage. Pompée nous entraîna en aboyant près de la barrière du champ où l'on voyait encore la trace des roues de la voiture. Un sentier nous conduisit au petit cottage isolé. Mon ami frappa deux fois à la petite porte sans avoir de réponse, et pourtant le cottage n'était pas vide, car nous entendions comme une plainte prolongée d'une tristesse infinie. Holmes s'arrêta, irrésolu, puis il jeta un coup d'œil sur la route que nous venions de traverser. Le coupé revenait vers nous, on ne pouvait s'y tromper, car on distinguait l'attelage composé de deux chevaux gris.

– Pardieu, voilà le docteur qui vient ! s'écria Holmes. Il faut prendre une décision avant son arrivée ; il faut que nous sachions tout !

Il ouvrit la porte et nous entrâmes dans le vestibule ; les plaintes que nous avions entendues ne faisaient que croître et devenaient de véritables sanglots. Holmes monta et je le suivis ; il poussa une porte entr'ouverte et nous nous arrêtâmes tous deux pétrifiés !

Une femme jeune et belle était étendue morte sur un lit. Son visage était pâle, encadré d'une masse de cheveux dorés, ses yeux bleus grands ouverts semblaient nous regarder. Auprès du lit, à genoux, la figure cachée dans le couvre-pied, se trouvait un jeune homme, le corps secoué par les sanglots. Il était si absorbé par sa douleur qu'il s'aperçut seulement de notre présence au moment où Holmes lui posa la main sur l'épaule.

– Vous êtes sans doute M. Godfrey Staunton ?

– Oui, mais vous arrivez trop tard… elle est morte !!

Le jeune homme était si affolé par sa douleur qu'il croyait voir en nous des médecins envoyés à son secours. Holmes, après lui avoir adressé des consolations de circonstance, commençait à s'efforcer de lui expliquer les craintes qu'avait causées à ses amis sa disparition subite, quand un pas résonna dans l'escalier, et le visage sévère du docteur Armstrong se montra à la porte.

– Ainsi, messieurs, dit-il, vous êtes arrivés à vos fins et vous avez choisi votre moment pour faire votre entrée ! Je ne veux pas vous adresser des injures en présence de la mort, mais je puis vous affirmer que si j'étais plus jeune, votre conduite honteuse ne passerait pas sans que je vous punisse comme vous le méritez.

– Excusez-moi, docteur, je crois qu'il y a méprise, dit mon ami avec dignité. Si vous voulez descendre avec nous, nous nous expliquerons loyalement sur cette malheureuse affaire.

Un instant plus tard, nous étions descendus tous les trois dans un petit salon.

– Eh bien, monsieur ? dit-il.

– Tout d'abord, je dois vous faire connaître que je ne suis pas au service de lord Mount-James et que mes sympathies, dans cette affaire, sont loin d'être pour lui. Quand un homme a disparu, je fais mon métier en le recherchant… et puisqu'il est retrouvé l'affaire se termine là, tout au moins en ce qui me concerne, car je ne manque jamais, sauf quand je me rencontre en face d'un crime, d'éviter tout scandale privé. Si, comme je le crois, la loi n'a en rien été violée dans cette affaire, vous pouvez entièrement compter sur ma discrétion.

Le Dr Armstrong s'avança vers mon ami et lui tendit la main.

– Vous êtes un brave homme ; je vous avais méconnu et je suis heureux d'avoir fait votre connaissance. La situation de ces pauvres enfants n'est pas difficile à expliquer après ce que vous avez vu. Il y a un an, Godfrey habitait à Londres un appartement meublé et il devint follement amoureux de la fille de sa propriétaire qu'il épousa. Elle était aussi bonne que belle et aussi intelligente qu'elle était bonne. Aucun homme n'eût eu à rougir d'une telle femme, mais Godfrey n'oublia pas qu'il était l'héritier présomptif du vieil oncle et il comprit, sans hésitation possible, que si celui-ci apprenait son mariage, il ne manquerait pas de le déshériter. Je connaissais beaucoup ce jeune homme ; j'appréciais vivement ses nobles qualités ; j'ai fait tout ce que j'ai pu pour lui être utile et tous mes efforts ont eu pour but de tenir son mariage secret. Grâce à l'isolement de ce cottage et à ma discrétion, Godfrey, jusqu'à présent, a réussi. J'étais le seul, avec un fidèle domestique parti en ce moment chercher des secours à Trumpington, à connaître leur union. Enfin, le malheur s'abattit sur eux. La jeune femme tomba malade, d'une phtisie galopante. Le malheureux jeune homme était affolé de douleur et cependant il dut se rendre à Londres pour jouer dans le match de foot-ball, car il lui eût été difficile de donner des explications plausibles sans éveiller les soupçons. J'essayai de lui donner du courage en lui envoyant un télégramme ; il me répondit en me suppliant de faire l'impossible. C'est cette dépêche dont vous semblez avoir eu connaissance d'une manière que je ne puis m'expliquer. Je n'avais pas voulu lui dire combien le danger était grand, car je savais que sa présence ne pouvait rien changer, mais je fis connaître la vérité au père de la jeune femme et il a cru devoir en faire avertir Godfrey. Celui-ci est donc arrivé de suite, dans un état impossible à décrire… et il est resté ici, agenouillé près du lit jusqu'à ce matin, quand la mort est venue mettre un terme aux souffrances de sa jeune femme. Voilà tout, monsieur Holmes, je puis compter, j'en suis persuadé, sur votre discrétion et sur celle de votre ami.

Holmes serra la main du docteur.

– Venez, Watson, dit-il.

Et nous quittâmes cette maison remplie de douleur. Au dehors brillait le pâle soleil d'une matinée d'hiver.